그리운 너의 향기

그리운 너의 향기

김솔잎 시집

동

책머리에

  시를 사랑하는 사람의 마음은 꽃빛같다고 합니다. 꽃빛 같은 마음을 가지지 못한 사람은 시에 접근하기가 어렵기 때문입니다. 그렇다고 제가 천사의 마음을 가졌다는 말은 아닙니다. 그저 맑은 하늘을 보는 것만으로 환하게 마음이 개이는, 흐린 하늘을 보고 눈물 머금을 줄 아는 그런 사람이기를 바랄 뿐입니다. 시를 사랑하고 아끼는 마음으로 하루 하루의 삶을 꾸밀 줄 아는 사람이기를 바랄 뿐입니다.

  한 권의 시집이 나오기까지 애써주신 등불 가족 여러분에게 고마운 정을 새기며, 아무쪼록 제 시를 만나는 독자 여러분에게 잔잔한 행복 가득하시기를 기원합니다.

대전 식장산 밑에서
김 솔 잎

제1부 ● 그리움의 계절

제2부 ● 사랑의 계절

제3부 ● 이별의 계절

제4부 ● 추억의 계절

제 1 부

●

그리움의 계절

파이프 오르간의 선율처럼
그리움은 아름다운 음악으로 흐르고,
보석보다 빛나는 눈물이
가슴에서 흐를 때면
난, 남녘에 살고 있을
어떤 소녀를 가만 떠올려 본다

고운 꽃빛 그리움

맑은 살결로 여울목을 지나는 강물
도란거리는 하얀 이야기
그리고 하얀 웃음들
내 영혼의 때를 씻어 내는 음악

하얀 모래알 같은 그대
향기 그윽이 바르고 와서
꽃빛 손수건 강에 던져
그리움을 키우면,

아프게 여울을 건너며 신음하는 물살
여린 내 가슴
쉽게 깨어지기 전에
나의 손 잡아 준다면
그리움의 그늘 속으로 사랑 한짐 열릴 것을.

미소의 저쪽

지금은 가을이 문을 닫고
겨울이 문을 여는 싸늘한 계절
눈은 아니 오고
천둥 번개 하늘 찢으며
억만 줄기의 비가 내리고
머리채 긴 바람 빗속에서 춤을 춘다.

구름 개이면 명경 같은 하늘에
그리운 얼굴 비칠까 쳐다보면
그대의 사진이 생각나
가만히 들여다 보니
미소의 저쪽 끝에 초라한 내 모습 보이고,

아직 아물지 못한 생채기 마냥
지치고도 아픈 이름은
그리움의 병을 앓고 있다.

열 일곱의 그리움

파란 하늘을 보면
샛노란 산비탈에
손수건 만한 구름이 걸려 있고
그리움으로 꿈꾸는 나무
열 일곱의 이름으로
꽃물결 출렁거리는 꽃나무 밭에 들어가면
조금은 젖은 바람 소리로
내 이름 물어 오고
아픔에 아픔을 더하는 달아오른 뺨 위에
꽃비를 뿌려 주면
나는 그리운 이름을 부르며
아직 소년처럼 눈물 흘린다.

생일파티

생일파티에 초청받은 날
입고 갈 마땅한 옷이 없어
가난을 타박했지만
나의 남루는 뿌리가 깊어
나를 울리고,

파티에 빠지려고 했지만
간곡한 초청을 뿌리치지 못해
귀공자들과 귀공주들이
진을 치고 있을 자리에
혹시 내 마음 울며 흐르더라도
참석하기로 했지

가난은 죄가 아니라는데
사춘기의 소년은 죄인처럼 울었다.

하얀 두 손

황홀한 생일 파티
장안의 멋쟁이들이 모인 곳
슬픔 한 잔 기쁨 한 잔 마시며
들어섰을 때
그대는 내게 아득한 미소를 띠고,

초라한 내 모습 숨기려 할 때
하얀 드레스의 소녀는
모든 흠모의 눈물을 제치고 내게로 와서
하얀 두 손을 내밀었지

우리 서로 처음 만나
두 손을 잡았을 때
그 진동이 그리움을 낳고
그리움의 뒤쪽에 있는
내 가슴 한쪽에 불이 켜졌다.

파란 그리움

나의 가슴이 바스라졌다.
그리움이 더해갈수록
나의 가슴엔 더 큰 상처가 생겼다.

기댈 언덕도 없이
나의 마음은 헝클어지고
은구슬 같은 눈물 흘렸으나
기회는 하늘로 날아 갔다.

조그마한 오해로
그대를 잃어 버리고
난 한없이 울었으나
빛나는 광선은 오지 않고
일년을 울며 뒹굴었을 때
남산에서 해가 떠올랐다.

그것은 파란 그리움이었다.

그리운 날엔

젊음과 사랑과 음악이 출렁거리는
카페에서
내 앞에 앉아 있는 그대를 보면서도
내 앞에 앉아 있는 그대를 보면서도
가슴은 한숨만 가득,

그리움은 나비처럼 날아 와
우리 마음에 아픔을 주는 이 행복
파랗게 그리면
왕자가 되었던 첫 만남 다시 만나고
그날의 행복과 아픔 그리운 날엔
아프게 만났던 그날의 기억을
커피잔으로 마시고,

조금은 서글픈 마음으로
귀가했을 때
그대의 야무진 편지가
방바닥에 누워 날 기다리고 있었다.

삼만 볼트의 그리움

소나무 숲속에 들어갈 때
해수욕하러 바다에 갈 때
솟아오르던 그리움의 향기
나의 조그만 사진을 꺼내 보면
그리움은 펄펄 살아난다.

우리가 가진 그리움은
온통 파란색이라서
파란 혈관을 타고 돌아다니다가
가슴으로 되돌아오면
그리움은 날개를 달고
내 곁으로 살며시 다가온다.

몽당연필이라도 잡으면
내 이름이 그려지고
환한 낮을 기다리며
우리가 자주 들리던 카페에서
가슴에 싸인 말들 다 잊어버리고
내 손톱 꼬옥꼬옥 눌러 주며
그리움의 전파를 보내 오면,

무뚝뚝한 나의 가슴이
얼마나 두꺼울까 생각하지만
그대여 재회
난 지금 그리움의 전파를
삼만 볼트로 올리고 있다.

이젠 그대도 나의 마음 읽을 수 있겠지.

어느 빛

이젠 눈물도 말라서 흐르지 않는다.

눈물 끝에 죄의 욕망을 접고
바르게 살자고 결심을 하니
어떤 빛이라도 보고 싶어
오늘도 애닯게 기다리고 있다.

빛은 어디서 오는 것일까
쓰러지고 넘어지면서도
하늘을 보았을 때
한 점 부끄럼 없이 살기를 기도한 윤동주처럼
어떤 빛을 기다리고 있다.

사랑의 날개

잘게잘게 조각난 사랑
수없이 지천으로 날아 다녀도
내 가슴을 열면
사랑 한 점 남아 있어
수십 번 절망하고
상처투성이가 되었어도
난 아직 사랑의 향기를 느낀다.

어릴 때부터 먹어온 가난
두 눈 젖었어도
사랑은 언제나 내 가슴 구석구석에
보석처럼 박혀
한 번뿐인 내 인생
하늘 우러러 부끄럼 없이 살라 한다
그 젊은 윤동주가.

그리움의 열매

내 가슴 정원에 핀 꽃 한송이
그리움으로 영근 씨앗
그대와 나의 사랑 메아리쳐 생긴 씨앗
쏟아지는 씨앗은 詩가 되고
메아리쳐 오는 음악이 된다.

그리운 샛별 하나

그대의 이름이 물결처럼
내 가슴으로 밀물져 오면
그리움마저도 병이 되고
병든 가슴으로 그대를 만나면
그대의 그리움은 빨갛게 달아오른다

그리워 그대의 눈을 보면
아름다운 호수에 눈물이 넘쳐
내가 이것을 아름다움이라고 말하면
그대는 편지 한 장 띄우고
그대의 그리움을 읽으면
내 가슴에 샛별 하나 떠오른다

밤이 이슥해지고 밤벌레 울면
그리움의 시를 쓰고
수많은 밤 시를 쓰면 언젠가
그대에게 나의 그리움 전해지겠지

그리움이 오는 곳

산 너머에서 온 그리움
파란 바람 타고 와
내 가슴에 부딪치면
왜 눈물이 고이는지 모르겠다.

그리움은 푸르고
먼 산 저 너머에서 오는지
하늘을 건너오는지
그곳을 바라보면 눈물이 나고
내 가슴 왜 이렇게 뛰는지 모르겠다.

난 지금 그리움을 마시며
먼 산 너머 하늘을 본다
그리운 재회 그대에 대한 미안함을
접을 수 없어 아픈 마음을 열면
그리움은 바로 그대에게서 온다.

그리움의 도둑

종례를 마치고 귀가하니
내 방에 누워 있는 편지 한 통
발신인의 이름이 없는 편지
글월의 기슭에 메마른 호수가 있고
강물마저 말라 버린 편지의 향기

글 냄새는 분 냄새와는 다르지만
라일락 향기가 있었고
아카시아 향기도 있었다.
메마른 호수와 강에서는
가볍고 무거운 그리움들이 죽어 가고 있었다.

이름도 없는 글월에는
용의자가 잡히지 않았지만
글월이 다 끊기고
마지막 연, 월, 일시가 끊긴 다음
'희'라고 쓴 그곳에서 도둑을 잡았다.
그리움의 도둑을.

오월의 꽃 · 1

오월은 아카시아의 달
골목길 돌아 아카시아 숲으로 가면
하얗게 내리는 꽃빛
수없는 인사 속에 향기가 넘쳐
내 좁은 가슴으로 넘치고 흘러
구름이 내리듯 꿈이 내리듯
향기로운 오월

아카시아의 계절
하얀 꽃향기 언덕 넘어 오면
휘파람이라도 부르고 싶어
이뻐서 고운 향기로 와서
난 그대의 이름을 부른다.

나의 아카시아 꽃향기
꿈결에서도 만날 이름과 향기

오월의 꽃 · 2

카페에서 나가기 위해 작은 행보를 하면
골목길마다 넘치는 너의 향기
조용히 미소짓는 너의 손짓
진동하는 너의 넋

내 꿈의 어느 샛길에서 만난 것처럼
그리운 너의 향기
너는 어드메서 왔기에
내 속살에 스며들어 그리움을 태어나게 하는가.

그대여 라일락
너에게 꽃향기 세례를 받고
카페에 가면
젊음도 사랑도 꿈결 같지만
난 너의 향기에 젖어
너와 함께 골목길을 돌고
네가 뿌려 주는 향기에
오늘밤 설레는 가슴으로
불면의 밤을 서성거릴 것 같다.

일그러진 소망

나는 왜 태어났는가
가난이 원수가 되어
모든 것이 다 비뚤어진 사연 속에
아버지의 일그러진 얼굴을 보면
우리 집의 형편을 알 만하다.

전교생을 호령하던 천재
여선생들마다 공부 잘하고 핸섬하다고
어깨를 두드려 주면
분 냄새 은은히 좋았지만
진학의 꿈을 일찍 꺾어버린
내가 날 생각해도 불쌍하다.

나는 왜 태어났는가
그리움이 꽃필 때부터 생겨 난 응어리
차라리 뒤죽박죽 살더라도
자존심마저 짓뭉개진
그런 나였으면 좋겠다.

그리움을 짜는 베틀

햇빛 멈칫거리는 하오
온 산천이 졸고 있는데
잠자리마저 졸 터를 찾는데,

난 지난밤 지독한 고독으로
불면의 밤을 지샌 터라
꽃향기에 기대 살며시 졸았는데
스치는 꿈속에서 그대를 만나
그리움의 베틀로 그리움을 짜고,

그리움의 베틀은
베틀이 계속 베를 짜내듯
그리움, 그리움 그리고 또 그리움
헤아릴 수 없는 그리움을 짰다.

보이는 모든 것들이 졸고 있는데
난 초롱초롱 눈을 뜨고
비몽사몽의 울타리에서
하늘 끝까지 닿는 그리움을 보았다.

누가 왔다 갔다

누가 오는가 보다
나홀로 판잣집에 진치고 있는데
글쎄, 누가 오는가 보다.

거리 한 쪽 전화는 여태껏 잠을 자고
노란 나비 앉아 있는데
연락도 없이
누가 오는가 보다.

나는 어느 새 대문을 닫고 뒤뜰에 숨어
문 두드리는 소리 못 들은 척하고
장독들과 함께 앉아 있는데
문 두드려 내가 없는 줄 알고
누가 떠나고 있다.
누구였을까? 재희였을까?

사춘기의 맨 끝에서
나의 자존심을 지키기 위한
우울한 가슴의 뒤쪽에
아지랑이처럼 춤추는 나의 그리움
누가 왔다 가고 있을까
재희가 아니었으면 좋겠다.
아니 재희였으면 좋겠다.

산지기의 아들

차마 말하기 힘들지만
나는 산지기의 아들이 되고
열 여덟의 이름이 아까웠지만
산지기의 집으로 갔다.

장안에 소문난 핸섬 보이
사진은 산산조각 찢어지고
날마다 가슴 뜯으며
가난이 무너지기를 바랐다.

운명은 날 넘어뜨려
여고생들의 탄식은 무성하여
따스한 그들의 위로가 약이 되어
병을 털고 일어났을 때
여전히 산지기의 깊은 계곡을
빠져 나오지 못했다.

어떤 소녀

그리움만 커 가는 외로운 초저녁
낙엽처럼 추위를 견디며
초저녁을 건드리면
파이프 오르간처럼
그리움은 더 아름다운 음악을 연주하고
보석보다 더 아름다운 눈물이
하얗게 두 줄기 강물로 흐르면
난 남녘에 살고 있을
어떤 소녀를 그리워한다.

그리움과 고독

오늘도
새벽이 오면서 죽어 가는
이른 아침에
실낱처럼 남아 있는 그리운 이름
가슴은 강물 소리를 내고
혈관 속의 생명은 그리움으로 흐른다.

바람에 나뭇잎 흔들리는 낮
그대 오지 않을 것을 알면서도
이렇게 그 이름을 부른다.

해질 무렵 창가에 기대서면
우울의 옷을 입고
낮게 낮게 숨죽여 울면
초승달 슬프게 떠오른다.

제2부

●

사랑의 계절

어쩐지 이 밤
사랑에 빠져 죽을 수 있기를
눈물로만 그릴 수 있는
슬프고도 아름다운 사랑이
세월처럼 다가선다.

아득한 미소

그리움으로 꽃피는 사랑을 위해
그리운 이름 가슴에 새기며
거리를 거닐면,

저기 세련된 모습을 하고
내게 달려와 팔장을 끼고
어디로 가야 할지도 모르면서
마냥 거닐면,

별님의 눈물에 젖으며
달빛을 줍고
그대의 입에서 사랑을 건질 때
아득한 미소를 하늘에 띄운다.

언덕에 올라

우리가 사랑하거나 다툴 때
오르던 언덕

언덕에 올라서 별빛을 줍고
유년의 꿈을 만지면서
그대와 함께
다가올 운명까지도 마시고 싶다.

그대가 그리움으로 다가오는 밤
이 밤 그대의 마음을 재우고 싶지만
나의 사랑은 억만 마일의 창공을 지나
지금 난 그리움에 가슴 저리고 있다.

사랑의 별

내 영혼의 샘에
사랑의 별이 뜨고
하룻밤을 지새우는 것도 가슴 아파
새벽을 기다리면
사랑은 아픈 자국이 되어
내 가슴에 새겨 진다

내가 아픈 마음으로
그리움을 거느리고 사랑을 캐면
떠오르는 샛별
그대는 샛별로 뜨고
사랑의 눈물 이슬처럼 내려 주면
아프게 아프게 울더라도
난 이 빛나는 사랑을 가만히 만지고 있다.

사랑은

길고 긴 생각의 끝에서
손 내밀고 맞이하는 사랑은
사랑이 아니다

사랑은
첫 눈길 정답게 마주쳤을 때
잉태된다

사랑은 더하기 빼기가 아니고
다만 뜨거운 눈물이다.

사랑 하나 하고 싶다

난 가끔
가슴 저미도록 슬픈 사랑 하나
하고 싶다.
가끔은 보석 같은 눈물을 흘려 줄
그런 사랑 하나 하고 싶다.

높은 산맥마저 슬픔에 녹아
바다를 넘쳐도
내 가슴에 파고 드는
아름답도록 슬픈
그런 사랑 하나 하고 싶다.

사랑하고 싶은 사람

오늘도
소중히 꿈을 이고 서서
맑은 하늘을 보면
너무 깨끗해서 울 줄 아는 사람을
사랑하고 싶다.

지금도 햇살 고운 가을날이면
들국화 향기에 마음을 씻고
눈물 한 방울 흘릴 수 있는
그런 사람을 사랑하고 싶다.

가을이 오면 낙엽이 지는데
낙엽처럼 지는 가슴으로
낙엽처럼 울 줄 아는 사람을
사랑하고 싶다.

결혼 신호

별처럼 높이
바다처럼 깊이
나의 사랑은 끝이 없다.

그리움은 눈물로만 그릴 수 있는
어쩌면 하얀 병이지

회색 바람이 가라앉고
비를 뿌리면
우린 우산 안에서도 사랑을 하지

그러나 몰라
그리움과 사랑
그리움과 사랑은 무엇일까
결혼이 조간신문처럼 다가오는 신호일까

사랑의 심지

때늦은 잎새들이
하나 둘 떨어지며 눈물 삼킬 때
그대가 뿌려 놓은 사랑의 조각들
눈뜨며 일어서면
잊혀질 줄 알았던 이름 석 자

오늘은
하얀 설렘으로
그리움 한 조각 삼키며
사랑의 심지를 올리면
시계는 새벽 도시의 종을 치고
사랑의 아픔으로
그대 이름 쓰고 지우며
이 한밤을 지샌다.

슬프고도 아름다운 사랑

밤벌레 소리 부서지는 늦은 가을
책 갈피처럼 접혀진
그대 이름 부르면
하염없이 부서지는 내 가슴

우울한 빛 감도는 창가에 아픈 사랑이 떠오르면
나뭇가지 가지마다에
걸쳐 있는 슬픈 기억
사랑따라 세월이 흐르는지
세월따라 사랑이 흐르는지
나는 알지 못한다.

어쩐지 이 밤은
사랑에 **빠져** 죽을 수 있기를
눈물로만 그릴 수 있는
슬프고도 아름다운 사랑이
세월처럼 다가선다.

사랑이 있는 카페

어둠이 내려앉은 거리
한 줄기 그리움으로
사랑을 찾아 카페에 가지
거기 그대가 있고
음악이 있고
사랑이 있지

한 시간은 좋았지만
담배 연기에 찌들 것 같아
거리에 나서면
내 주머니에 쥐어지던 그대의 손

사랑을 키우며

첫눈이 내리던 날
우리는 마냥 거닐면서 손을 잡았지
우리는 사랑하자고 하기 전에
사랑하고
목까지 차 오른 사랑으로
얼마나 많은 밤 잠 못 들었는지 몰라
그대 지금 어디 있는지
아무리 그리워해도 알 수 없지만
지금도 난 사랑을 키우고 있다.

행복할 때

밝은 햇살 흐르는 거리
애타게 그리워하며
온 가슴이 잿더미 되어 으스러질지라도
우린 커피에 사랑을 타 마시며
슬픈 기억 모두 접어 두었지만
그리움은 자라서 애간장 타게 한다
그래도 내 이름 석 자
그대의 가슴에 심어놓고
마음 아파
왈칵왈칵 울지라도
그래도 행복할 거야

나의 사랑 재희

오늘도
홀로 거리를 걷노라니
팔짱 낀 젊은 연인들
거니는 것을 보고
함께 걸어 주는 이가 그리운 줄을
이제야 알았다.

나의 사랑 재희
나의 모든 것 다 주고픈 이름
오늘 같은 날에는
바람처럼
그냥 보내지는 못하겠다.

만약 지금 그녀가 내 곁에 다가선다면
내 가슴팍에 꼬옥 품어 주겠다.

그리움은 사랑을 낳고

그리움은 사랑을 낳고
사랑은 일생을 꿈꾸게 하지
가슴이 터져 버릴지라도
난 마음에 감추면서 사랑해야지

샛별 같은 눈을 가진 그대
조금은 야위었지만
그리움은 키가 자라서
사랑을 나누게 한다.

그대와 늘 만나던 자리
희망 카페
언제쯤 그대 모습 보일까
기다림 때문에
나의 눈은 호수처럼 커진다

뜨거운 사랑

지우고 싶은 것일수록
숨쉬며 살아나는 그리움

감추고 싶은 것일수록
얼굴을 내미는 사랑

세월은 흐르고
그리움도 따라 흐르고

하늘거리는 나뭇잎 사이로
가을이 내걸렸는데

이런 계절에 불타듯이
뜨거운 사랑 한 번 하고 싶다.

핑크빛 사랑

사랑이 빛나는
진달래 계절이 왔는데
이 계절에
난 그대에게
핑크빛 사랑을 건네주고 싶다.

그리움과 사랑
다 무너져도
내가 견딜 수 있는지
가슴이 부서지는 소리를 듣는다

그리움 한 줄기로
일어나는 외로움 또 그리움
내 가슴이 타도록 익어 가는 사랑
그대여
오늘 밤 나의 사랑 읽어나 주오

녹음이 짙어 가는 계절에

봄이 소문을 감출 때
여름은 잉태되고
마침내 짙고 짙은 아이를 출산한다.

산마다 들마다
녹음으로 짙푸른 아이는
이미 자라서 사랑을 나눈다.

오월이 가고 유월이 오는
이 계절에 나도
사랑 하나 만들고 싶다.

사랑의 불

세월은 어느덧
여섯 달 꿀꺽 삼키고
이젠 잊을 듯도 한데
그리움은
벌판을 적셔 오는 강물처럼
흐르고,
먼 훗날 사랑의 빛깔은
변할지라도
지금 우리는 사랑의 불이 붙어
가끔은 서성거리고,

사랑은 아름다운 것
우리가 지금 사랑의 불에 빠져있다면
우리 가장 아름다운 사랑을 그리자.

사랑의 해일

오늘도
눈물겹도록 아픈 그리움으로
얼마나 가슴 뛰었는지 몰라

내일은
사랑의 해일로
사랑의 무게에 깔릴 것 같아
아직 내일은 아니지만
지금 생각해도 아찔해

그래서 이 긴 밤
잠들지 못하고
정녕 잊어버릴 수 없는
사랑을 만들고 싶다.

천년의 사랑

지난 어느 가을 날
난 그대와 함께
낙엽을 밟으며
마냥 숲 길을 거닐었지.

천년을 사랑한다 해도
구겨지지 않을 마음
오늘도 그날처럼
나의 사랑 모두를 주고픈 마음

설령 깨어지는 사랑이라도
아름다운 사랑 하나 위하여
천마디 말이 소용 없어
이 길고 긴 밤에
짧은 시 한 구절 엮었다.

사랑의 맥박

그리운 사람 약속도 없었는데
내게로 와서 옆자리에 앉아
커피를 마시고
어린애처럼
내 곁에 더 가까이 와서
호수 같은 눈으로
사랑이 녹아드는 눈으로
날 빤히 쳐다본다.
사랑은 가슴 뛰는 것
그대의 야윈 손을 잡고
맥박을 짚으면
그대도 날 사랑하고 있음이 전해져 온다.

밤이 내리면

구름 터진 사이로
낮달 뜰 때
그대 그리운 번민은
가까이 누운 저 노을 속에 던져 놓고
밤이 커튼을 내리면
더욱 사랑스러운 그대

그대여 우리
캄캄한 밤에도 눈뜨는
별처럼 언제나 좋은 친구이기를

노을에 묻어 빨간 어둠
밤이 내리면
그대여 카페로 오라
사랑을 위하여

사랑 소묘

내 이름은 열 일곱
곱디 고운 사춘기의 맨 끝

오늘도 가슴 속에 담아두고 꺼내지 못한 한 마디
'사랑해요' 말 못하고
가만히 그대의 손을 잡으려는데
이내 손을 놓는 쑥스런 미소

열 일곱의 내 이름이 떨리고 있었다.

새로운 노래

손톱 달이 뜨고
찬란한 별밭 하늘에 퍼지면
그대여 뒷동산 샛길로 와서
나와 함께 이중창을 부르자
밤이 새도록
아침 이슬에 발이 젖도록
그대와 나의
새로운 노래를 부르자.

우리의 사랑은 배꽃

우리의 사랑은 배꽃
꿈결에도 부끄러움 살짝 내민
그리운 님 그리워
피는 배꽃

분수같이 넘치는 사랑
안으로 안으로 삼키며
고운 이 드러내는 배꽃

바라만 보아도 청초한
하얀 사랑을
고개 숙여 감추는 배꽃이다.

사랑의 바람

지금 마-악 스치는 바람
그대 만나고 온 바람이라면
그 바람까지도
난 사랑할 거야

우리가 오르던 언덕
배꽃 같은 그대
그대 스쳐온 바람마저도
난 사랑할 거야

사랑이 여물어 배가 익어 갈 때면
우린 어떤 사랑을 하고 있을까

나는 그때 배꽃같이 하얀
사랑의 바람을
그대에게 보내 주겠다.

제 3 부

●

이별의 계절

편지의 불꽃 속에서 그대가 보이더니
서서히 사라져 버리고
나의 잔인한 횡포는
우리가 거닐던 금강가에서
비로소 난 이별을 보았다

눈물 속에 흩어지는 아픔

수십 통의 편지들이
가지런한 몸매를 하고
내 책상 서랍에서 잠자고 있었다.

그것들을 읽을 때마다
난 가슴이 타도록 행복했었는데
오늘 나는 저들을 화장시킴으로
내 가슴을 뜯었다.

이별, 그것은 아름다운 것이 아니고
눈물 속에 흩어지는 아픈 상처뿐이었다.

그리움을 접고

아침저녁 가릴 것 없이
솟아오르는 그리움
아름다운 그리움의 여운 하나 남기고자
그리움과 사랑을 접고
헤어졌다 할지라도
그것의 뒷맛은 쓰라리고 아프지만
추억 속에서라도 만나고 싶어
그리움과 사랑을 접었을 때
그대는 울면서 가고,

아름다운 그리움 그것 하나 남기고자
그리움을 접었다 할지라도
옥구슬 같은 눈물을 뿌리며
금강가 따라 귀가하여
좁은 유리창으로 하늘을 보았을 때
거기 실연의 아픔으로
별 하나 하늘에 흰금을 그으며
슬프게 자살하고 있었다.

이별했어도 사랑은

여름이 물러가고
가을이 코스모스 사잇길로 올 때
내 손에 닿은 예쁜 편지
그리움은 내 가슴에 더 쌓였는데
그대가 더 몸부림을 친다.

그대, 우리는 아름다운 사랑 하나
영원히 남겨 두기 위하여
아픈 이별을 그렸지만
우리의 그리움과 사랑은 여전하여
만나면 그립고 헤어지면 가슴 아픈
편지에 묻어오는 그리움.

편지 속엔 그대의 그리움이
가득 담겨 있고
그리움의 이름을 만나면
우리는 분위기 아늑한 카페에서
사랑마저 커피에 타 마신다.

무너지는 아픔

그리움이 겨울처럼 깊어 갈 무렵
언젠가는 무너질 줄 알았지만
무너지는 아픔
이 눈물을 흘려 보지 못한 사람
아마 이별의 슬픔을 모를 거야.

이별의 눈물이
진주처럼 쏟아지면
사랑의 기억들이 떠올라
슬픔의 해일이
절망으로 뭉쳐 와도
그래도 잊혀지지 않는 그리움
나 홀로 사랑의 병을 앓는다.

우리가 어찌하여 헤어졌든지
헤어진 지금도 남은 것은 그리움뿐

고독

밤보다 더 깊은 고독은
사랑이고
사랑보다 더 깊은 고독은
이별이다.

사랑도 이별도 떠난 계절
맵고 추운 계절에
더 깊은 고독은 그리움

매서운 추위에 또 한 번
가슴 무너지고
무너진 가슴에
새파란 그대 이름 그려진다.

이별을 하였지만

난 그대와 이별을 하였지만
그리움은 비행기처럼
날아가지 않았다.

난 아직도 그대를 사랑하고 있기에
나의 그리움은 커져만 간다.

그대를 떠나보낸 후
그대가 행복하기를 바라는 마음 여전하지만
우리 가슴에 담겨 있는 사랑만은 잊지 말자.

지울 수 없는 그리움

차곡차곡 쌓인 우리 사랑
이젠 이별했지만
그리움까지 지울 수가 없어서
이 밤 거리를 헤매인다.

추억의 갈피를 넘길수록
더욱 짙어지는 그리움
이 애타는 그리움 누가 만들었을까

그대가 그립다
그러나 만나고 싶지 않다.
만나면 우리의 그리움이 식어질 터이니까

가슴 깊이 사랑을 하고도

매서운 추위가 뺨을 스치고
이런 추위에
사랑하는 사람을
애타게 그리워할 수 없는
못난 그림자 하나

못난 시절은 가슴에 접어 두고서
새벽 안개처럼 흐르는
가슴에 엉기는 슬픈 사랑
나 혼자만 슬퍼하고 싶어.

가슴 깊이 사랑을 하고도
그대를 보낸 내 초라함
흐르는 눈물은 감추었지만
아픈 그림자 하나 그린다.

지워지지 않는 이름

고독은 진눈깨비로 내려
가슴 밭을 적시고
참지 못할 설움이 밤마다 쌓이면
모세혈관 구석마다 아픈 설움
하얗게 눈뜬 아침에
그대가 가끔 내 이름 떠올린다면
황량한 의식의 모퉁이에
그리움은 짙어가는데
쪽달 하나 슬프게 걸려 있는
어느 모퉁이를 돌며
그대 가슴 안아보는 꿈결 같은
아름답고 저리고 슬픈
그대의 이름
아직도 난 그대를 사랑하고 있나 보다.

참 좋은 사람 잃고

슬픈 표정 잘 짓는 그대
그대는 조용한 호수처럼 울며
우리 이별하는 길 머리에서
그대의 모습을 보면
눈물 젖은 손수건 흔드는
참 좋은 사람 잃고 가는 것 같다.

눈에서 하얀 구슬 떨어지고
어쩌면 진눈깨비로 내려
메마른 내 가슴을 적셔 주고
투명한 그리움 쌓여 있는
고향을 떠날 때
어머니 한숨만이 우두커니 앉아 있다.

떠나는 길목마다
설움이 구슬처럼 흩어지는
동구 밖에서
손수건 흔들어 주는 그대
그대의 이름 가슴에 깊게 새기더라도
갑자기 다가선 이별 때문에
내 마음 또한 울고 있다.

더 예쁜 사랑을 하기 위하여

이른 봄 날씨처럼
변덕스런 우리의 사랑 끝에
이별을 하고 또다시 만나면
사랑에 젖고
빈 주머니에 하늘과 바다를 담아
고와서 섧고 긴 이야기를
그대와 나누고 싶다.

하늘보다 바다보다 더 예쁜
이별했어도 사랑하는 우리
그래서 우린 카페에서 만난다
더 예쁜 사랑을 하기 위하여

이별의 아픔

책갈피처럼 접혀 간 지난 날들
내 마음의 페이지를 넘기며
그대를 부르면 내 가슴 너무나 아프다.

섦디 섦은 우리 사랑
그리움만 남긴 채 헤어진 아픔을
다림질하여도
이미 구겨진 아픔의 주름살
그리운 이름인데
불러도 소용없는 절망을 껴안고
두 눈 가득 넘치는 호수가 된다.

이별을 마신 지금

철따라 바람이 불고 가는
이 소란한 마음 길 위에
이 심연같은 적막에 쌓여
나 홀로 걸으면
외로워 정말 외로워

그대는 영원히 내 곁을 떠나고
짙붉은 침묵을 마시며 걸어가면
그리워 정말 그리워

지금
가랑잎이 지는데
외로움과 그리움은 더해 가고
이별을 마신 지금
조용히 그대 이름 부른다.

진달래

뒤뚱거리는 오후가 눈을 감는
이 저녁
그리움은 밀물처럼 밀려와
열병처럼 앓아 눕고
그대 없는 거리를
조금 거닐다가 귀가했다.

아직 이른 봄인지
진달래꽃 피어나지 않고
다만 내 마음에 소월이 그리워한
약산의 진달래가 피어난다.

그리운 진달래여
아니 소월이여
난 이별의 아픔을 겨우 견디며
오늘도 떠나간 재회를 생각한다.

박꽃

박꽃 같은 여인 그대
새겨진 정 못 잊어
그대 이름 불러 본다.

해맑은 아침 햇살이
부서져 내릴 때
활짝 피어오르는 박꽃
천사처럼 피는 꽃

진정한 사랑은 늘 아픔이듯이
박꽃 같이 피어 난 그대를 보며
두 눈 젖어
가만히 이별한 그대 모습 떠올린다.

우리 사랑은

지평선에 아련하게 떠오르는
그림자 하나
내 마음 한 복판에
이별이라는 조각난 깃발이 펄럭일 때
이미 그대는 눈물을 뿌리며 갔다.

그대는
금빛 기름진 햇살
따스히 맞으며 갔다.

마음이 아프고 쓰리더라도
그대가 돌아오지 않는 이별을 통하여
우리의 아름다운 사랑은
영원히 계속되겠지.

서러워 울었지만

밤새껏 쌓인 꽃잎
바람으로 휘휘 불어 가더니
꽃샘 바람 몹시도 부는 길모퉁이
그 길 돌아 그대는 갔지만
내 바짝 마른 시선은
아직 그 길 그 모퉁이를 바라본다

바람에 꽃잎이 흩날리듯
그대는 그렇게 그 길 돌아서
마지막 손 흔들며
'안녕' 하고 떠났다.

이것이 이별인지 정말 몰랐고
밝은 햇살
눈부시게 쏟아졌지만
이별을 그린 내게는
아무 의미도 없었다.

떠나는 그대 생각이 나서
서러워 울었지만
그대와의 진실했던 사랑
생각이 나서 더욱 서러웠다.

이별은 어느 새 오고

오늘 아침도
비는 고요한 노래를 부르고
도라지꽃 향기 날리는
황혼을 데려오면
난 황혼의 언덕에서
슬픈 피리를 불어 본다.

비에 젖은 가슴으로
불어 대는 피리소리
가을은 실비에 젖어 있고
하얀 목걸이 진주비는
새파란 잔디를 밟고 있다.

그리우면 그리울수록
보고 싶으면 보고 싶을수록
뜨거운 가슴을 여울목에 적시고
뉘엿뉘엿 산 넘어 가는
태양을 보니
이별은 어느 새
새빨간 노을에 젖고 있었다.

울며 떠났지만

별빛 아이들
하늘에 뛰노는 날이면
별을 헤아리던 옛날이 생각난다.

별빛 아이들
장난치다가 유성되어 떨어질 때
아름답다고 느꼈는데
그것이 죽음임을 알았을 때
오늘밤은 즐겁지 않다.

그대 내 곁을 떠난 날부터는
모든 아름다운 것이 슬픈 것이 되고
눈물 흘릴 만한 가치를 알았다.

그래도 우리의 사랑이 아름답듯이
우리의 이별은 서러워하며
울며 떠났지만
새파란 그리움들이 밀물져오듯
이별이 나를 포위할 때
살고 싶은 희망을 접었었다면
그런 날 바보라고 할는지 모르지만

그대여 지금도 그리움은
이별할 때보다 더 솟아오른다.

그대의 편지

그대의 편지
눈물로 썼듯이 눈물로 읽는다

눈물 없는 사랑은 사랑이 아니고
눈물 없는 이별도 이별이 아니다.

그대가 보낸 편지는 모두 눈물이었다.
줄마다 글마다 모두 눈물이었다.

우리는 눈물로 사랑했다.
우리는 눈물로 이별했다.

이제 와서 생각해 보니
그대도 나도 눈물을 흘린 만큼
자라고 있었다.

제 4 부
●
추억의 계절

그대는 지금 어디쯤에서 살며
무엇을 하고 있는지
그대, 그대가 피아노를 치려고 한다
잘 조율된 피아노 앞에 앉아
그대가 건반을 누르려고 한다.

그리움의 포로

은빛 향기
빗소리로 흔들릴 때
그대와 이별한 언덕에서
어느 샛길로 올 달빛 같은 발소리
귀 열어 기다리는
넋나간 사내가 되어
아니 그리움의 포로가 되어
그냥 서성거리고 있었다.

조금 더 기다리자 하고
좁은 가슴 터질 듯 기다리다가
아니 올 그대인 줄 알면서도
시간의 풍화작용에 밀려
내일을 열어 줄 밤의 구비에서
허공에 대롱대롱 그리움만 달아 놓고
바스라지는 마음으로
창백한 가슴은
이미 그 언덕을 떠나고 있었다.

추억의 그 길에서

초록빛 숨결 가득하게 피어 있는
파란 잎새 숲속을
하얀 꽃 살폿 내민 배나무 길 사이로
햇빛은 따스히 스며들고
난 추억의 잠에 젖어 마냥 걷고있었다.

여기가 추억의 그 길인가
그때도 배꽃은 피었었는데
아름다운 사연을 감춘 채
먼 추억으로 아끼려고
푸른 하늘 공간에 그려질 때
난 차디찬 그대의 손을 놓고 돌아섰다.

흘러간 세월 여러 해
고향에 다시 와서 그 길 걷고 다시 걸어도
그때의 그대는 어디로 가고
청초한 꽃만 하얀 모시 치마 저고리로
온 몸을 가리고 있었다.

옛날을 생각하며

그대여 난 혼자가 되어
가끔은 웃음의 깃발을 들고
보름달처럼 웃어 보지도 못한
산새가 되어
기어이 이 언덕에 올라
옛날을 생각하며
보인는 모든 것들 속에서
이 허허한 가슴에 피는
키 작은 꽃들이 되어
그저 나직이 노래한다.
그저 꽃향기 뿌려 본다.

비워 놓은 한 자리

저기 그 자리 우리들의 자리
오늘은 어둠을 삼키며
거기 그 자리에 앉았다.
비워 놓은 한 자리 남아 있어
어찌 이 밤은 이렇게 서러운가

그리운 님아
내 추억 속에 사는 님아
거기 그 언덕 그 자리에 앉았노라면
비워 놓은 한 자리
달빛만 무심히 떨어진다.

파랗게 생각나는 이름

오늘은 유난히 생각 난다
그대 이름 석 자 파랗게 생각난다.
지난날이 깃발처럼 흔들리면
더욱 생각이 난다.
그대 고운 눈이며
입술이며 이마며
단정한 머리 모양
모두가 파랗게 생각난다.
그대여 이 언덕 위에서
다시 한 번 만났으면
아니 꿈속에서라도
그대를 한 번만 보고 싶다.

그 언덕에 올라

산의 높이가 아득한 날
꿀벌처럼 잉잉대며
그 옛날 그 언덕에 올라
초록의 잔디밭에 드러누웠다.

여름이 익어가는 파란 숨소리
저며 오는 그대 생각
그 이름이 너무 그립다.

언제쯤 그대 고운 이름
내 가슴에서 지워질까

빗물 웅덩이

손바닥에 검은 설움 흐르는 날
하늘도 문열어
장대비를 억수로 쏟아 놓는다.

이런 날이면
우린 비닐 우산 하나 들고
거리를 거닐었지

그러나 추억 속에서 비를 맞고 있는
그대의 가냘픈 모습
새파란 그대의 입술을 생각하며
추위를 느낀다.

그래 이런 날이면
내 마음은 빗물 웅덩이가 된다.

추억 속에서 만나는 그대

잠결인듯 꿈결인듯
날 부르는 소리
어디선가 불어오는
추억의 바람을 타고

이불 뒤집어쓰고
옛길로 들어서 보면
거기 언제나 그대가 있고

그대는 추억으로만 만나고
만나서 헤어져야 하는
정겨운 사람

그대가 그리울 때

바스라지고 싶다
까맣게 잊고 싶다
열 여덟의 자존심을 버리고 싶다
주렁주렁 달린 계급장을 떼어 내고 싶다
그것이 사랑에 방해가 된다면

검붉은 추억의 거리를 걷고 싶다
우산처럼 슬픔을 접고
온종일 그대와 거닐던 그 길을
거닐고 싶다.

그러나 문득 그대의 고운 마음이
나를 밟고 서면
어떤 아픔보다 더 아픈
옛 생각 때문에 두 줄기 강물이
흘러 넘칠 때
그대의 고운 마음 건져 내고 싶다.

추억의 샘가

뜰에 태양이 뛰어 내려 와
이글거리는 정념으로
나를 유혹하면
나도 모르는 사이 정들어 가고
정욕으로 타락하는 무서운 죄
그러나 추억의 샘가에 그대가 있어
하늘을 끌어내리면
봇물 터지듯 쏟아져 내리는
하늘의 눈물
하늘마저도 우리의 이별을
슬퍼하는 것 같아
아직 내 가슴에 살아 있는
그대가 그립다.

울고 있는 추억

오늘 이토록
이 허허한 가슴이
그때 그 시절 그 자리에서
하늘의 별자리를 쳐다 본다

하늘의 별을 헤아리던 그대
복사꽃 하얀 이 밤
조그만 발소리를 내며
뜰에 내려
조그맣게 웃고 지나가는 영상을 보면,

그날의 화려한 생일파티
거기서부터 지금 이 시간까지
추억은 울고 있다.

지금은 추억이 되었지만

한뼘도 안되는 삶 속에서
정겨운 마음이 떠나고
가슴 저린 생각이 떠나서
지금은 추억이 되었지만

사람들은 얼마나 오래 살겠다고
사랑하다가 미워하고
미워 하다가 이별을 깁고
추억의 뒤안길에 서 있을까

아득히 먼 하늘보다
더 높은 하늘을 가르쳐 준 그대
그대는 지금도
해처럼 높이 떠서
나를 위해 기도하고 있을까

추억의 날개

잠 못 이루는 그리운 날
밤이 새도록 그대를 생각하면
공연히 서글퍼진다.

추억의 옷자락에 묻어 있는
연한 분 냄새는
그대가 남기고 간 나의 보물

지금은 그립다 말 못해도
추억의 날개는 솟구쳐 올라
그대만을 찾아 헤메이게 한다.

추억의 발자취

푸른 옷
산뜻하게 갈아입은 산마루
거기 그 언덕
나의 추억의 발자취 위에
서러운 생각이 호젓이 커진다.

하얀 돌팔매같이
문득 떠오르는 모습

우리가 거닐던 금강길
강물은 지금 여울목을 지나며
졸졸거리고
그 때문에 떠나간 그대가 그리워지고
그대를 생각하는 내 마음이
수천 거리를 오가고 있다.

추억의 조약돌

내 가슴 속 강가에
추억의 조약돌이 던져지면
그리운 이름의 파장이
동그라미 그리며 다가온다

동그란 이름의 파장이
내 영혼에 닿으면
난 어느덧 사랑의 포로가 되고,

우린 이미 이별했는데
추억의 언덕에서는
아직 떠나지 못한 사랑을 안고
이렇게 울어도 되는 건지
난 아직도 알지 못한다

이런 날이면

그리움은 하늘처럼 투명한 빛깔
때깔 고운 그대의 마음
이런 날이면 난 그대를
다시 한 번 생각한다.

그대 그 이름 지금은 떠났어도
이런 날이면 너무 진한 그리움 때문에
두 줄기 눈물이 흐른다.

그러나 어쩌자고
사랑의 추억은 추위를 느끼게 하고
이런 날이면
따사로운 햇볕마저도 추운 계절
그래, 이런 날이면.

추억의 빨랫줄

저녁 노을 스러지듯
사랑이 스러질 줄 알았다면
잊으려고 덤비지는 않았을 것이다.

사랑하면서도 헤어진
추억을 위하여 헤어진
그때부터가 잘못이었다.

그대, 들리는지
내 가슴 속에서 일렁거리는
사랑의 여울목 소리를

그대가 그리우면
추억의 빨랫줄에 대롱대롱 매달린
찢어진 내 이름

그리운 추억되어

사랑했다
지금도 사랑한다.

그러나 이젠 하늘의 별이 되어
흐르는 시내가 되어
그리운 추억이 되어
우리의 언덕에 오를 뿐이다.

그대가 떠난 뒤에는
우리 둘이서 올라와 사랑을 꿈꾸고
이별을 아쉬워한 그런 언덕이 아니고
쓸쓸히 홀로 내려와야 할
모진 바람만 내 마음의 아궁이에
비만 내리게 한 언덕이었다.

외로운 하늘에

봄, 여름 다 가고
누군가가 그리워지는 가을
낙엽은 떨어지고

가을은 무서리를 데리고 와
국화꽃을 피우고
날아오르는 외기러기
잿빛 한숨 소리가 들릴 듯한데
나는 홀로 추억의 언덕에 올라
그대 그리워
그리운 노래를 부른다.

나목들이 거칠게 숨쉴 때
노을은 타 들고
하늘 외진 곳 한자리
외로운 달 하나 뜨고 있다.

추억의 날개를 펼치면

눈물 빚어 사랑하고
한낮에 토해내는 울음으로
갈색 잎사귀마다
하얀 옥구슬을 달고
가을의 우울을 입는다.

그리운 마음에
추억의 날개를 펼치면
어두운 하늘이 생선비늘같이
부서져 내리고
그 찬란한 별도 은하도
오늘은 장대비로 떨어진다.

추억의 그림

명동 거리를 걷던 우리가
고향에 와서 금강가를 거닐면
환한 마음이었는데
지금 나 홀로 금강가에서 돌팔매질하며
귀뚜라미가 이슬을 따먹듯
나 또한 그날들의 추억을 따먹으며
강물 속에 무수히 떠 있는 별들을 건지면
두 눈 젖어도
아프게 아프게 그날들이 생각나서
내 가슴에 아직 샛별로 떠 있는 그대를 보며
나를 밟고 오는 그리운 사랑이
벌판을 적셔오는 강물처럼
추억의 그림을 열심히 그리고 있다.
아름답고 아름다운 빛깔 고운 눈물로

지금도 그리움은

추억 속에 남은 그리움의 조각을
주섬주섬 주워모아
그리운 이름을 생각할 때
그대의 모습 아련히 떠오르고,

애잔한 지나간 모습이 회상되어
내 가슴에 상처를 낼 때
그리움을 지우고
그 모습을 지우려고
몸부림을 쳐도
그대의 모습은 여전히 열 일곱

첫 만남의 황홀했던 모습으로
그리움을 캐면
아픈 가슴 한 쪽 비가 내리고
이미 지워진 듯도 한데
그리움은 하루도 빠짐없이
내 가슴에 살고 있다.

길고 긴 세월이
남풍처럼 흘렀다 할지라도
그리움은 여진히 추억을 빚고 있다.

추억의 흰 새

저녁 놀 그립던 하늘 끝자락
사라짐의 아쉬운 그늘로
고요하게 찾아든 흔들림
산 밑으로 검은 강은 흐르는데
흰 새 한 마리 나는 피곤한 날개

마음의 언덕 위로 달이 뜨던 계절
잃음의 가는 골짜기
소리 없는 잿빛으로 언덕 넘어
놀을 찾아가네
추억의 흰 새

파란 추억

그대의 이름 파란 추억으로 떠올라
지난날들을 생각하면
내 가슴을 점령해 버린
그대 모습

그대는 지금 어디쯤에서 살며
무엇을 하고 있는지
그대, 그대가 피아노를 치려고 한다.
잘 조율된 피아노 앞에 앉아
그대가 건반을 누르려고 한다.

옛날의 기억

저기 저 하늘에
노을이 타 들어간다.
한 번쯤 밤길 같은 고독을
삿대로 저으며
내게로 올 것 같은 그대

이 밤도 은근히 마음 졸이며
옛날을 기억하면
뜬눈으로 밤을 새우고,

그것은 바늘이 누빈 자국
그리움과 사랑의 추억
그것 때문이겠지.

그리운 너의 향기

지은이 · 김솔잎
펴낸이 · 최순철

초판1쇄 인쇄일 · 1996년 6월 10일
초판1쇄 발행일 · 1996년 6월 15일

펴낸곳 · 도서출판 등불
서울시 마포구 구수동 68-2 대건빌딩 302호
전화 715-8716 팩스 715-8717
출판등록 · 1994년 4월 19일(제10-969호)

값3,000원
ISBN 89-8028-041-6 03810

등 불 사 랑 그 리 기

어느날 문득
네가 그리워지면
그러면…어쩌지? 1

임우현 시집

풋사과처럼 싱그러운 젊은 날의 사랑이야기!

무작정 슬퍼지면?
울어버리면 되지 뭐

한없이 기쁜 날에는?
그냥 웃어버리지 뭐

♪

그런데
오늘 또 네가
무작정 그리워지면
그러면 어쩌지?

내가 그아이를 사랑하고 있 다는걸 어떻게 표현할지 모르겠어 이것이 사랑일까?

어느날 문득
네가 그리워지면
그러면…어쩌지? 2

임우현 시집

군생활의 외로움과 그리움이
잔잔한 감동으로 다가온다!
그리운 연인에게
그리운 친구에게
사랑을 선물하세요!

나 너를 위해
시를 써
너만을 위한
시를 써

첫만남에서
오늘까지
그리고
아주 아주 먼 미래까지
널 그리며
시를 써

나 너를 위해

등불 예반 시선 1

<누군가에게 무엇이 되어>의 바로 그 작가
예반의 '94년 최신작

그리움에도
추억이 있다면

예반 지음/신현철 옮김

**보리가 있는 책, 바로 생명의 양식입니다
수확의 기쁨과 결실의 풍요로움을 느껴보십시오!**

사랑을 가로막고 있는 것은 아무것도 없다.
다만 그릇된 방향을 향하여 나아가고 있는 사람에게는
사랑이 다가가지 않는 것이다.
진정한 사랑의 순간을 알지 못하는 한, 우리는
최후의 순간까지 빛이 없는 세계를 떠돌고 있을 뿐이다

<누군가에게 무엇이 되어>의 바로 그 작가
예반의 '94년 최신작

사랑에도
추억이 있다면

예반 지음/이종창 옮김

누군가에게 다가가고자 하는 사람,
누군가를 소유하고 싶어하는 사람,
그리고 특별히
누군가를 기억하고자 하는 사람은
이 책과 만나십시오!
사색하는 즐거움을 느낄 수 있습니다!